Le code secret

Shannon Penney

Illustrations de Duendes del Sur

Texte français de France Gladu

Je peux lire! – Niveau 1

 Copyright © 2005 Hanna Barbera.
SCOOBY-DOO et tous les personnages et éléments qui y sont associés sont des marques de commerce et © de Hanna-Barbera.
WB Shield : ™ et © Warner Bros. Entertainment Inc.
(s08)

Copyright © Éditions Scholastic, 2005, pour le texte français.
Tous droits réservés.

ISBN 0-439-95366-9
ISBN-13 978-0-439-95366-5

Titre original : Scooby-Doo Decodes a Mystery

Conception graphique de Maria Stasavage

Édition publiée par les Éditions Scholastic, 604, rue King Ouest, Toronto (Ontario) M5V 1E1

6 5 4 3 2   Imprimé au Canada   08 09 10 11 12

Éditions
■SCHOLASTIC

est à une fête d'anniversaire.

Tous ses amis sont là.

Il y a des .

Il y a un .

Il y a même une piñata!

et portent un bandeau

sur les yeux et un de fête.

Ils frappent la piñata avec

un . casse la piñata.

Des et des volent dans

tous les coins!

Il est temps de manger des ,

à présent! ôte son bandeau.

Il voit les .

Il voit le .

— Sapristi! dit . Tous les

 ont disparu!

— R'oh, r'oh! dit 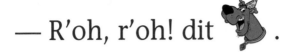 .

— C'est peut-être un 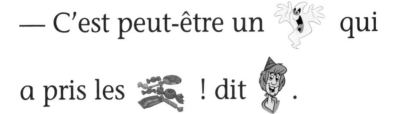 qui

a pris les  ! dit  .

 se cache sous la  .

 cherche son ami.

Il trouve une 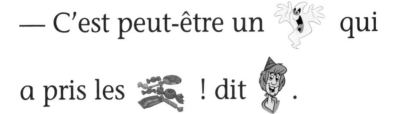 par terre.

Cette  serait-elle un indice?

Ce n'est qu'un tas de 🅰🅳 🅲 🅹🅵🅱

et de 1️⃣4️⃣2️⃣8️⃣6️⃣7️⃣ !

🧑 glisse la 〰️ dans sa 🧥.

Il faut retrouver ces 🍬 !

— 👦 pourra peut-être nous

aider, dit 🧑 .

Dans la pièce voisine, a un

bandeau sur les yeux. Il essaie

d'épingler la sur l' .

— Peux-tu nous aider à retrouver

les , ? demande .

Mais est trop occupé.

Il remet une à .

Cette porte des $1\,4\,2\,8\,6\,7$.

Peut-être que 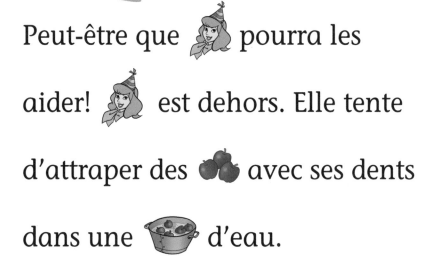 pourra les

aider! est dehors. Elle tente

d'attraper des avec ses dents

dans une d'eau.

— Peux-tu nous aider à retrouver

les , ? demande .

Mais a une dans la

bouche. Elle ne peut pas parler.

Elle donne plutôt une autre

à .

— R'aïe! aboie 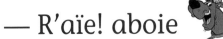 .

Cette est encore remplie

de ! Peut-être que

pourra les aider. Ils doivent

retrouver les disparus.

 commence à avoir faim!

Les deux amis trouvent en

train de jouer aux  musicales.

— , les  ont disparu.

Nos seuls indices sont des tas

de **14 2 6 8 ,** ! dit  .

— La  qui est tombée de

la piñata sera sans doute utile,

dit en souriant.

— Sapristi! Je crois que c'est un

code, dit en regardant la .

Chaque correspond à une

. Lorsque et

déchiffrent les autres ,

ils lisent « BON ANNIVERSAIRE »!

Mais ils ne savent toujours pas

qui a pris les . Et si c'était

vraiment un !

À ce moment-là, , et

surgissent de l'énorme .

Ils crient tous ensemble :

— Bon anniversaire, !

Ils ont un , des et des

bols de . Aucun n'a pris

les . Les étaient un

pour ! choisit un .

Puis il lance un joyeux :

— Scooby-dooby-doo!

As-tu bien vu toutes les images du rébus dans cette énigme de Scooby-Doo?

Chaque image figure sur une carte-éclair. Demande à un grand de découper les cartes-éclair pour toi. Essaie ensuite de lire les mots inscrits au verso des cartes. Les images te serviront d'indices.

Avec Scooby-Doo, la lecture, c'est amusant!

Sammy	Scooby
Daphné	Fred
ballons	Véra

chapeaux	gâteau
bonbons	bâton
fantôme	jouets

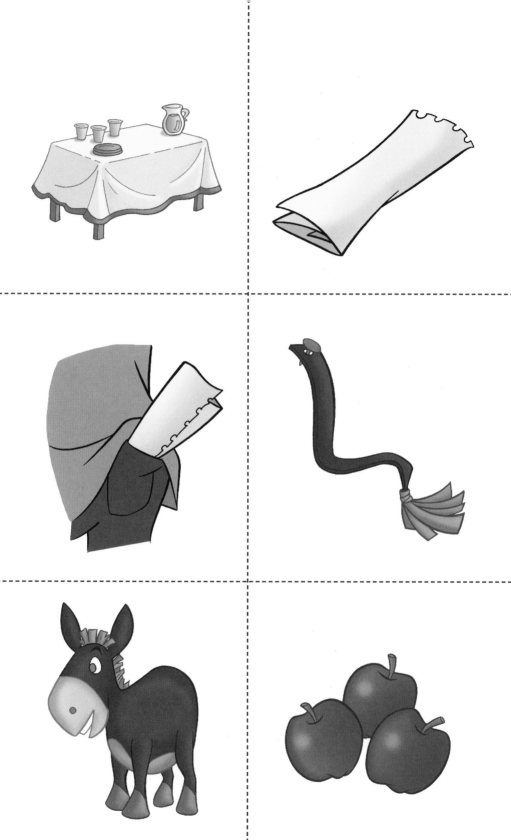

note	table
queue	poche
pommes	âne

chaises	cuve
chiffres	cadeau
Scooby Snax	lettres